Gonzague
le loup végétarien

Gonzague
le loup végétarien

Daniel Laverdure

Illustrations de Daniel Laverdure

COLLECTION
Le chat & la souris

ÉDITIONS
MICHEL
QUINTIN

Données de catalogage avant publication (Canada)

Laverdure, Daniel

  Gonzague, le loup végétarien

  (Le chat et la souris : 4)
  Pour enfants de 7 ans.

  ISBN 2-89435-124-0

  I. Titre.   II. Collection : Chat et la souris (Waterloo, Québec) ; 4.

PS8573.A816G66 1999   jC843'.54   C99-941476-3
PS9573.A816G66 1999
PZ26.3.L38Go 1999

Révision linguistique : Béatrice Baldacchino
Conception graphique : Standish Communications
Infographie : Tecni-Chrome

La publication de cet ouvrage a été réalisée grâce au soutien financier de la SODEC, du PADIÉ et du Conseil des Arts du Canada.

ISBN 2-89435-124-0
Dépôt légal - Bibliothèque nationale du Québec, 1999

© Copyright 1999
Éditions Michel Quintin
C.P. 340, Waterloo (Québec)
Canada J0E 2N0
Tél.: (450) 539-3774
Téléc.: (450) 539-4905
Courriel: mquintin@mquintin.com

1 2 3 4 5 6 7 8 9 0 H L N 3 2 1 0 9

Imprimé au Canada

*À tous les lecteurs et
lectrices en herbe*

Chapitre 1

Un loup trop différent

Il était une fois un loup. Un grand méchant loup, évidemment. Il aimait effrayer les petits cochons et une petite fille vêtue de rouge qui ne connaissait pas la route pour aller chez sa grand-mère. Mais ce loup n'était pas très chanceux dans la vie et ses histoires finissaient toujours mal.

Alors, voici l'histoire d'un deuxième loup. Un loup plutôt spécial celui-là. Premièrement, il se nomme Gonzague. On n'a jamais vu un loup s'appeler Gonzague. Deuxièmement, Gonzague passe une bonne partie de son temps à rêvasser et à regarder les drôles de formes des nuages. Il essaie aussi de compter le nombre de fourmis qui entrent et qui sortent d'une fourmilière et leur donne à chacune un nom.

Troisièmement, ce loup adore s'étendre dans l'herbe fraîche pour sentir l'odeur appétissante des pissenlits imbibés de rosée, des trèfles aux fleurs violacées et des marguerites légèrement

bleutées. Eh oui! Gonzague est un loup végétarien. À quoi bon s'épuiser à courir derrière les lièvres et les cerfs? Manger comme eux est bien meilleur! C'est folichon et c'est si bon.

— Cette fois, ce sera une salade de violettes jaunes avec des noix ou alors, des feuilles de

fougère assaisonnées de fleurs de chardon.

Notre chef cuisinier en herbe est très créateur et compose toutes sortes de recettes au gré de son imagination et de son appétit. Malheureusement, sa mère exige que son louveteau mange comme les autres loups. Elle essaie toujours de le convaincre qu'il se trompe de menu.

— Écoute, mon garçon! un bon loup doit manger toute sa viande sans laisser de restes et bien se lécher les babines après chaque repas.

Gonzague lui fait alors un sourire et court faire des pirouettes dans un pré fleuri. Sa mère se frappe le front avec sa patte droite en se demandant ce qu'elle a bien pu faire pour mériter un fils aussi cornichon. Mais, c'est plus fort que lui, il ne peut s'empêcher d'aimer les plantes. Il a même une collection de cactus : il dit que c'est très pratique pour se gratter le dos !

Naturellement, les autres loups de la meute regardent Gonzague d'un oeil intrigué. Au début, on croyait qu'il changerait. Mais le temps a passé et Gonzague n'a pas changé. Les vieux loups finissent par s'irriter de son comportement, qui ne respecte vraiment pas les traditions !

Bientôt, tout le monde en a
assez de voir ce carnivore culti-
ver son jardin et se promener
dans les bois à la recherche de
quelques champignons ramollis
ou de fraises complètement
sauvages. Tous les jours, il se

trouve un loup, surtout parmi les jeunes, pour se moquer de lui sans retenue.

— Mon chou! Tu es dans les patates!

— Moi, je trouve qu'il a l'air d'un gros concombre.

— Eh! Gonzague, est-ce que tu renies tes racines?

Certains lui lancent même des tomates:

— Tiens, Gonzague ! Récolte
ce que tu as semé.

Mais Gonzague n'écoute pas
ces plaisanteries de mauvais
goût, il ne peut pas les digérer. Il
préfère continuer sa dégustation.

Il croit que ses congénères sont tout simplement un peu jaloux.

Chapitre 2

Un voisin bizarre

Le voisin de Gonzague se nomme Roméo. Ils ont le même âge, le même poids, la même couleur de pelage mais... Roméo a un gros nez! Lorsqu'il était petit, en courant sans regarder où il allait pour échapper à sa grande soeur, il s'est aplati le museau sur un érable centenaire (ce n'est pas toujours facile la vie de loup!).

Ce museau écrasé lui donne un drôle d'air. En plus, il n'aime pas qu'on le regarde, ça le rend bougon et grincheux. Ce manque de charme et ce mauvais caractère font qu'il n'est guère apprécié des jeunes louves. Ce qui le rend encore plus bougon et grincheux.

Bref, il n'est pas heureux du tout, Roméo, et il est jaloux de

tous ceux qui le sont. Or Gonzague, lui, est parfaitement heureux. C'en est trop pour Roméo qui ne peut plus le sentir. Gonzague va devenir la victime préférée de l'imagination diabolique de Roméo.

Peu après le repas du midi, pendant que tout le monde fait

la sieste, Roméo se met à la recherche de Gonzague.

Il le trouve couché au pied
d'un peuplier, plongé dans un
profond sommeil. Roméo décide
alors de lui tendre un piège fait
de plantes odorantes. Aidé de
quelques complices, il commence
par creuser un grand trou qu'il
recouvre de branches et de
feuilles habilement dispersées. Il
dépose par-dessus des oignons et

de la menthe sauvage. La forte odeur se rendra jusqu'au museau de Gonzague et l'attirera dans le piège. L'embuscade prête, les gredins courent se cacher et surveillent discrètement.

Bien sûr, Gonzague obéit à son flair de gourmand et plonge

la tête la première dans le guet-apens. Il a droit en prime à un bain de boue bien froide et collante. Gonzague est prisonnier de sa gourmandise. Il n'est pas fier de lui. Il a les oreilles basses, la boue lui dégouline sur le visage.

Tout le monde rit, sauf la mère de Gonzague qui commence à le sermonner :

— Mais où as-tu la tête, mon garçon? Quand te décideras-tu à avoir les quatre pattes sur terre?

Gonzague, prudemment, sort de la fosse, descend jusqu'à la rivière pour se nettoyer... et en profite pour déguster quelques fleurs de nénuphar!

Chapitre 3

Un plan sournois

Fier de son coup, Roméo élabore un nouveau plan pour se moquer de ce pauvre Gonzague.

« Puisque cette patate poilue aime les produits de la terre, je vais lui en servir ! » se dit Roméo.

Il lui mijote un potage aux légumes et fines herbes; en guise d'assaisonnement secret, il ajoute quatorze vers de terre roses bien gluants. Il n'a pas l'habitude de faire la cuisine mais, pour faire un mauvais tour, il est prêt à tout.

— À table, Gonzague! Je t'ai préparé une super bonne sou-soupe!

Gonzague ne se doute de rien. Il ne peut pas soupçonner Roméo d'être le responsable de ses malheurs. Mais il est quand même un peu surpris de son invitation. Roméo, voyant l'hésitation de Gonzague, ressent le besoin de donner une explication.

— Je ne sais pas ce qui m'a pris: tout à coup, j'ai eu l'idée de cette

recette. Je n'ai pas pu m'empêcher de préparer ce merveil-
leux potage végétarien mais,
comme je suis carnivore, il n'y a
que toi pour y goûter.

Gonzague avale donc la mix-
ture… et le mensonge!… avec
appétit, sans s'occuper des
ingrédients-mystères du jeune et
rusé cuisinier!

Une heure plus tard, le mal-
heureux est si malade que tout le

monde est alerté. Ça lui brûle dans l'estomac, il a des crampes au ventre et ses yeux sont devenus roses. Il a très mal. On entend alors Roméo demander hypocritement :

— Alors, Gonzague, est-ce que tu as pris un ver de trop ?

Tout le monde rit, sauf la mère de Gonzague qui recommence à le sermonner :

— Mais quand vas-tu comprendre qu'il ne faut pas te nourrir de toutes ces cochonneries ? Si tu en meurs, tu vas les manger par la racine, tes pissenlits !

Gonzague, péniblement, re-
prend ses esprits et se demande :
« Est-ce que c'est bon, les racines
de pissenlit ? »

Chapitre 4

La vengeance de Gonzague

Mais Roméo ne s'arrête pas là. Il compose une magnifique salade faite uniquement de plantes vénéneuses et de quelques champignons toxiques. Il voudrait rendre sa malheureuse victime dix fois plus malade qu'elle ne l'a été et lui faire abandonner une fois pour toutes ses habitudes de mangeur d'herbes.

Roméo invite donc Gonzague à venir déguster sa salade. Gonzague est végétarien, mais pas fou! Il a eu sa leçon. Il refuse net de toucher au plat proposé par son voisin. Il est même tellement en colère qu'il le lui verse sur la tête. Le bol reste accroché au gros nez de Roméo!

— Voilà ! C'est fini ! Tu ne me feras plus avaler tes salades.

Tout le monde rit, sauf la mère de Gonzague qui recommence à le sermonner :

— Mais qu'est-ce qui te prend ? Fais immédiatement tes excuses à ce pauvre Roméo !

Pour une fois, Gonzague obéit à sa maman. Serrant les

dents, il demande à Roméo de bien vouloir lui pardonner sa réaction. Un éclair de génie traverse alors l'esprit tordu et malveillant de Roméo.

— Afin de te prouver que je ne t'en veux pas, mon cher Gonzague, je vais te donner une information qui va sûrement t'intéresser. Grâce à elle, tu pourras goûter à de nouvelles plantes et même profiter de certains coins cachés où poussent mille et un délices.

Gonzague n'en revient pas. C'est une surprise inespérée! Il ne tient plus en place tant il est impatient d'en savoir davantage.

Mais Roméo prend bien son temps, afin de le faire languir.

— Pour tout savoir sur un sujet, il faut consulter les experts. En matière de plantes sauvages, va voir des spécialistes comme les lapins. Est-ce que tu imagines tout ce que tu découvrirais si tu pouvais profiter de leurs connaissances? D'ailleurs, peut-être qu'ils te donneront des re-cettes secrètes!...

— Ça, c'est génial, Roméo! Mais où habitent-ils? Es-tu certain qu'il y a des lapins par ici?

— Mais oui, bien sûr! Il y a plusieurs terriers le long du ruisseau des Myosotis, juste après le gros pin penché.

— Mais les lapins ont peur des loups. Comment vais-je les atti-rer et les convaincre de me faire confiance?

— Cesse de t'inquiéter, Gonzague! Tu n'as qu'à t'ap-procher très lentement et un peu plus chaque jour. Tu cueilles, ici et là, et tu grignotes sans trop te poser de questions. Ils verront bien que tu n'es pas dangereux et ils sortiront de leur cachette.

— En tout cas, ça vaut la peine d'essayer. Merci Roméo ! Je vais peut-être me faire de nouveaux amis, qui sait ?

Pendant que Gonzague, plein d'enthousiasme, se dirige vers le ruisseau, Roméo ne perd pas une minute. Il rassemble ses amis et leur décrit son nouveau plan :

— Il s'agit simplement de surveiller Gonzague en se camouflant dans la forêt, leur dit-il. Dès que les mangeurs de carottes sortiront de leurs trous, ils deviendront faciles à attraper. À nous, le buffet à volonté !

— Bravo Roméo ! Ça, c'est une bonne idée !

Chapitre 5

La petite Sarah

Parvenu à l'endroit indiqué, Gonzague s'arrête. Il se dissimule derrière quelques fougères et observe les alentours. Il aperçoit enfin des entrées de terriers. Tout est désert. Les lapins sont cachés depuis un bon moment, ils ont vu de très loin notre loup s'approcher.

Un peu déçu, Gonzague commence à manger : il fait souvent ça lorsqu'il est triste... il le fait aussi lorsqu'il est heureux, d'ailleurs ! Il découvre des plantes qu'il n'a jamais vues. Il y a longtemps que Gonzague ne se contente plus de vulgaires mauvaises herbes, il fait la fine bouche. Il est si occupé par ses recherches, qu'il finit par oublier la vraie raison de sa présence sur les lieux.

Depuis quelques minutes déjà, Sarah, un jeune lapereau, est sortie de sa cachette et examine ce curieux prédateur. Gonzague n'a même pas le temps de voir la

couleur de ses yeux que ses parents agrippent la petite curieuse pour la mettre à l'abri. Tout s'est passé si vite qu'il se demande s'il n'a pas rêvé. C'est décevant. Gonzague, triste, se remet à manger.

Au bout d'un peu plus d'une heure de dégustation, le ventre plein, Gonzague rentre chez lui. Il a hâte au lendemain pour renouveler sa tentative de rencontre avec d'autres amateurs de plantes.

Il n'a pas vu tous les autres loups qui l'observaient depuis le début. Ils sont aussi impatients que lui de revenir... mais pas pour les mêmes raisons !

Le lendemain, à six heures sept minutes, Gonzague est déjà de retour au ruisseau des Myosotis. Il s'approche un peu plus que la veille... et aperçoit Sarah qui essaie de mettre le nez dehors.

Elle est très intriguée par le comportement étrange de ce loup. Mais ses parents veillent et la ramènent vite à l'intérieur du terrier.

Ça ne fait rien, Gonzague est têtu : il reviendra !

Chapitre 6

Gonzague chez les lapins

Le troisième jour, Gonzague s'assoit sur une grosse pierre près du cours d'eau. L'air est doux, un vent tiède et léger caresse son museau à l'affût. Tout à coup, au pied d'un bouquet de petites fleurs bleues, Sarah sort en sautillant prudemment. Il y a là une sortie secrète que Gonzague n'avait pas vue.

Après un dernier coup d'oeil, pour s'assurer que ses parents ne l'ont pas vue quitter le terrier, elle se rapproche timidement de Gonzague. À une distance raisonnable, assise sur ses pattes arrière, elle se demande ce que ce loup pas ordinaire fait dans son jardin.

— Salut! Que fais-tu ici? interroge courageusement Sarah.

— Moi? Je mange. La région est pleine de plantes délicieuses.

— Oui, je sais, mais je croyais que les loups ne mangeaient que de la viande?

— C'est vrai, cependant je n'ai pas envie d'être comme les autres loups. Je veux être comme moi et moi, je préfère les plantes.

— Si tu veux mon avis, tu as bien raison.

Au bout de quatre jours, Sarah réussit à persuader tous les lapins que Gonzague n'est pas dangereux.

— Il est mon ami et il ne mange pas de viande... donc pas de lapin.

Ce matin-là, les autres lapins acceptent de lui faire confiance. Petit à petit, ils se rassemblent autour de Gonzague qui voit sa patience enfin récompensée. Chacun y va de son commentaire. Ils ont tous une idée bien précise à donner sur les feuilles de bouleau, la fleur de pissenlit ou les fruits du sureau. Gonzague est ravi et au comble du bonheur.

— Yahooo! se dit-il intérieurement. Enfin, j'ai réussi à me faire des amis qui me comprennent et m'apprécient.

Non loin de là, derrière un groupe d'arbustes, Roméo et ses amis attendent... affamés.

Chapitre 7

Surprise !

Voilà plusieurs jours que Roméo et ses complices observent sans bouger. Ce matin-là, les yeux ronds et perçants, ils n'en peuvent plus de voir tous ces lapins appétissants qui gambadent devant eux. Une épaisse salive glisse sur leurs babines. Leurs veines se gonflent jusqu'au bout du museau qui souffle bruyamment. Leurs muscles sont tendus, ils sont prêts... Roméo donne le signal !

Ils s'élancent !

Un nuage de poussière s'élève. Les feuilles mortes se soulèvent sur leur passage. Des branches craquent, des pierres

roulent. Frémissants de rage, les loups se bousculent, se piétinent pour arriver les premiers. Ils font peur à voir.

Les lapins, surpris, sont paralysés. Ils savent qu'ils n'ont plus le temps de se mettre à l'abri. Les jeunes sont terrifiés. Les pauvres petites bêtes se serrent les unes contre les autres et ferment les yeux. Tout est perdu... C'est la fin.

— GRROOOAAAAARRRR!

Un grondement assourdissant retentit et fait taire toutes les lamentations. Son écho enveloppe la forêt tout entière. Les oiseaux et les criquets ne font plus un seul bruit. Les loups s'immobilisent...

Campé solidement sur ses pattes, Gonzague leur fait face.

Les oreilles collées sur la tête, il les regarde d'un air menaçant. Une colère effroyable se lit sur ses dents. Ses yeux sont foudroyants. Aucun adversaire n'ose bouger, même pour respirer.

Lentement... très lentement, Gonzague avance d'un pas.

Un seul...

Toute la bande décampe à la vitesse de l'éclair, laissant derrière elle un autre nuage de poussière. Un grand silence envahit la forêt.

Personne ne rit, sauf la mère de Gonzague. Elle a assisté à la scène mais elle ne le sermonne pas cette fois.

— Bravo Gonzague! Tu as gagné! Tu as peut-être raison après tout. Tu es mieux placé que nous pour savoir ce que tu veux. Sois heureux, c'est le plus important... et bon appétit!

Gonzague est fier de lui. Mais pas autant que Sarah et ses amis. Encore sous le choc, ils reprennent lentement leur souffle. Ils savent maintenant qu'ils sont en sécurité avec Gonzague.

Mais il a beau être un héros pour les lapins, Gonzague reçoit régulièrement la visite de sa mère qui lui rappelle ces quelques conseils :

— Sois sage, Gonzague. Ne te couche pas trop tard. Brosse ton poil tous les matins. Ne hurle pas la nuit... À demain, Gonzague !

Table des matières

La collection LE CHAT ET LA SOURIS